INGER KIER

KÄRLEK över ATLANTEN

Dedikation till min avlidne man Lyle Kier

© 2016 Inger Kier
Förlag och tryck: BoD
ISBN: 978-91-7699-013-1

Jag sitter i köket, tittar på den vackra himlen med orangefärgade moln och bland dessa, ser jag flygplan som ett pärlband flyga emot flygplatsen. Jag undrar om min älskade make finns bland alla dessa orangefärgade moln. Jag gråter, eftersom min underbare man är borta. Det var som ett snabbt klipp och han är inte här längre med oss. Livet är hårt. Minnena kommer till mig av en vacker, omtänksam, stödjande man, som tänker på andra före sig själv. Han är alltid en artig gentleman, trevlig emot andra människor. Han älskade mig så mycket. Jag var hans "Precious Angel", hans "Sweetheart", hans "Honey". Jag kommer aldrig att höra dessa vackra ord längre. Min älskade make Dean dog 06:15, en kall februari morgon. Hans hjärta stannade 3 gånger. 2 dagar innan fick jag ett samtal från sjukhuset, att Deans hjärta stannat, men de startade det med CPR (hjärtstart). När jag kom nästa morgon till sjukhuset, hörde jag honom säga till mig: "Hej, jag trodde, du var en ängel - jag var till himlen igår kväll och det var så vackert där med underbar musik". Vet du, att du var död under några minuter?"

"Ja"

Hela denna dag var han på ett euforiskt humör, skämtade med sjuksköterskorna, planerade jaktturer med sin bror. Han skröt om sina barnbarn.

Senare på eftermiddagen ville han ha middag. Han hade inte ätit på en månad - nu var han hungrig och ville ha kalkon, öl och vaniljglass. Han hade verkligen längtat efter dessa.

Han njöt av middagen, som var som Jesus sista måltid.

Han sade till sköterskan efteråt: "Jag älskade maten - det var som en orgasm".

Med min viktorianska uppfostran, reagerade jag över hans uttryck:

"Vad är det du säger", på något sätt mycket besvärad. Men så var han, rak, naturlig och spontan. Sjuksköterskan skrattade.

Framåt kvällen ville jag åka hem för att äta min middag.

Han bad mig: "Stanna här med mig, älskling!" Jag såg hans ledsna ansikte.

"Jag kommer tillbaka imorgon bitti, min älskling. Jag älskar dig." "Dina barn kommer ikväll."

Jag gav honom en kyss och vinkade till honom.

"Vi ses imorgon, min älskade!"

Det fanns ingen mer Morgon ...... för honom.

Jag fick ett samtal från sjukhuset 04:45, att de inte kunde starta hjärtat igen och jag körde med frostiga fönster i min bil till sjukhuset - jag kunde knappt se igenom dem. Jag var stressad och rusade upp till hans rum. De arbetade fortfarande på honom med CPR, men läkaren sade, att det finns inget hopp.

Varför? Varför?

Jag ville, att de skulle fortsätta med CPR, men läkaren sa:

"Det är ingen idé, hjärnan är skadad, för att den inte fått något syre under en längre tid. Låt oss stoppa de livsuppehållande maskinerna."

Jag måste fatta beslut för dem att stoppa maskinerna.

"Snälla, vänta tills hans döttrar har kommit".

Så gjorde de. Hans döttrar kom och satt gråtande med mig runt hans säng.

6.15 lät de stänga maskinerna. Min make fick det mest fridfulla, vackra ansikte - ingen mera smärta och förhoppningsvis ett bättre liv nu utan lidande.

Vi var otröstliga, kämpande med smärta och gråt av att ha förlorat en underbar make, pappa, morfar och bror.

Jag har besvärats mycket med detta beslut, att de livsuppehållande maskierna skulle stängas av. Jag undrade, om detta var det rätta beslutet.

Jag tänker på professorn i fysik, Stephen Hawkins med ALS, vars fru vägrade läkarna att stänga av maskinerna, efter att han haft en stroke och medförande hjärnskador - och han lever fortfarande.

Hur som helst, han kan inte prata, men han har en dator, så han kan skriva, vad han försöker säga. Han ger fortfarande föreläsningar runt om i världen. Jag såg filmen om honom efter Deans död.

Jag sitter i stolen i vardagsrummet och tittar på Good morning America på TV några dagar efter Deans död. Jag hör en mycket sorglig fågelsång utanför i trädet - mittemot det stora fönstret. Det är en hanne - sorge duva, som tittar på mig och sjunger. Det är det mest sorgliga ljudet jag hört från denna vackra duva.

Jag tänker: "Du kommer tillbaka och kollar upp mig!"

Jag börjar gråta.

"Det här är ett tecken från min underbare make att komma tillbaka och kolla upp, hur jag mår!"

Detta är så överväldigande och jag tror att det finns ett annat liv efter döden. Han är där under en lång tid, att ta reda på hur jag mår. Han är ledsen för mig, att jag är ensam nu.

Dean har alltid varit intresserad av naturen och speciellt fåglar, han skriver om sitt liv i lägret i öknen Wildlife Area, där

"thousands of Sandhill Cranes landing within my campsite. All night long their calls deafed the night with screams of birds taken by coyotes and other predators. At dawn their flight to the southern parts took place. It was amazing with thousands of these birds, some coming within 6 meters flew up to a vortex. The vortex of birds spiraled up and up until enough altitude was gained to fly south. It was spectular! Most birders wait and watch for years for this amazing display.

I was lucky. Just there at the perfect time in the migration."

(övers.:)

"tusentals Sandhill tranor landar i min campingplats. Hela natten överröstades skrik av fåglar tagna av prärievargar och andra rovdjur. I gryningen ägde deras flykt till Södern rum. Det var fantastiskt med tusentals av dessa fåglar, vissa flög inom 6 meter upp i en virvel. Virveln av fåglar gjorde en spiral uppåt tills en tillräcklig höjd nåddes för att flyga söderut. Det var fantastiskt!

De flesta fågelskådare väntar i år på detta fantastiska skådespel.

Jag hade tur. Bara där på perfekt tid i flytten emot södern."

Vi träffades på nätet. Vi hade smeknamn i den här chatten. Han var Sluggo och jag var Wonder. Vi hade båda kommit in i denna chatt 55+. Man kan väl säga, att vi var pionjärer att mötas på detta sätt - i en chatt.

Vi hade varit i denna i en vecka, när jag såg denna Sluggo chatta med kvinnor om hans underbara tulpaner. Plötsligt, chattade han med mig: "Jag har varit i Falun", en svensk stad. Han kunde se att jag var från Sverige i min profil.

Detta fick mig intresserad. Någon känner till Sverige och har varit där! De flesta var amerikaner i den här chatten.

"Åh, du har varit i Falun?"

"Ja, jag har en moster där."

"OK."

Det var i början och han fick mig intresserad. Det var inte sant, men han ville ha min uppmärksamhet - och han fick det. Det var något i luften, - känslor - något mycket speciellt mellan oss, även om vi hade hela Oceanen emellan. Jag fick känslor för Sluggo. Jag kan inte förklara det, men jag kände mig så nära honom. I chatten kan du "gå in i ett rum" för att vara för er själva, så ingen såg, vad du chattade om. Så vi gjorde det. Han sade samma sak om mig. När han var i den här chatten hade han känslor för mig.

"I am just sitting here looking out over Horse Heaven Hill and reflecting on, what has happened to us. It is so wonderful and incredible, that it almost seems to be a¨'"fairy tale". It is like MAGIC.

I have never felt such warmth for any woman. It is almost like you are a missing piece of my life. I try to analyze my feelings. I thought, maybe I am just infatuated, because I need love. No, that was not the case, because I feel so much love from my kids, my family, friends and community.

This is special Love."

(övers.:)

"Jag bara sitter här tittar över Horse Heaven Hill och reflekterar över vad som har hänt med oss. Det är så underbart och otroligt, att det verkar nästan vara som en "saga ". Det är som magi.

Jag har aldrig känt sådan värme för någon kvinna tidigare. Det är nästan som om du är en saknad puzzelbit av mitt liv. Jag försöker att analysera mina känslor. Jag tänkte, kanske jag bara är förälskad, eftersom jag behöver kärlek. Nej, det var inte fallet, eftersom jag känner så mycket kärlek från mina barn, min familj, vänner och gemenskap.

Detta är speciell kärlek. "

Senare fick jag den här Horse Heaven Hills i staten Washington förklarad för mig. Många hästar hade släppts av indianstammar runt 1860. Det var som en "häst himmel" för dem. De fick frihet och mycket att äta. De växte i storlek, men de förstörde vete fält. Det fanns så många vildhästar här i slutet av 60-talet. Regeringen beslutade nu, att göra sig av med dem. De utrotade många hästar och de flyttade en del av dem ner till Texas.
Dean har läst "Secret langauges av relationships", som berättar från våra födelsedatum, att vår relation är "Ett mirakel av Manifestation".

"You two may approach the relationship a bit like two lost souls, who had some disappointing experences in the road of life, or just haven´t met the right person.

The mach-up is truly grounding, and the miracle of its manifestation may come as a tremendous relief and great sense of joy for both of you. Crutial here is the sense of trust, for the past has taught both of these partners to keep others at arms length. Just lowering the guard and being relaxed for a while with the other person, can be a great benefit.

Once established this relationship will not only grow but will become most dependable upon one another to the extreme.

Strenghts: Trusting, accepting, established.

Weakness: closed, dependent. "

(övers.:)

"Ni två kan närma er förhållandet lite som två förlorade själar, som hade några besvikna erfarenheter genom livet, eller bara att ni inte träffat rätt person.

Denna Match-up är verkligen grundad och miraklet av dess manifestation kan komma som en oerhörd befrielse och stor känsla av glädje för er båda. Här är känslan av tillit, för det förflutna har lärt båda dessa parter att hålla andra på en armlängds avstånd. Bara sänka garden och vara avslappnad för en stund med den andra personen kan vara en stor fördel.

När detta förhållande etableras, kommer det inte bara att växa, utan kommer att bli mest beroende av varandra till dess yttersta gräns.

Styrkor: lita på, acceptera, etablera.

Svaghet: stängt, beroende. "

Sluggo berättade också, att när han blev inkallad 1963 till armén för strid i Vietnamkriget, hade han en vision.

"I was afraid of being killed myself. I had thought of leaving the US and seeking asylum in Canada or possibly Sweden. I prayed to GOD for the answers. My vision was this: I was to someday author of childrens book. This book would give the children of the world a sense of peace and hope. It would enable the children of the world to seek a sense of peace and compassion for others they had been taught to hate. The words for this book are locked in my heart.

The vision was that a wonderful woman, who didn´t speak my language would un-lock these words of peace. This wonderful woman was my soul mate.

I was so united with hear, at a time, the world needed these words. The vision also stated, that this woman and I would be given an award of peace together. I am now thinking, that this vision will come to pass. I think, that you, precious Wonder are that woman.

I think, that we have a "mission" to fulfill.

Don´t think I am crazy or unsound. I just think "our" meeting is unpresidented and so timely. I felt a "warmth" from you in the first message I recieved.

I wish I could hold you in this moment. I want to see you and hear your voice.

I know you are "my life"."

(övers.:)

"Jag var rädd för att bli dödad själv. Jag hade tänkt på att lämna USA och söka asyl i Kanada eller möjligen Sverige. Jag bad till Gud för svar.

Min vision var detta: Jag var på något sätt författare av barnens bok. Denna bok skulle ge världens barn en känsla av fred och hopp. Det skulle göra det möjligt för barn i världen att söka en känsla av fred och medkänsla för andra som de hade uppfostrats att hata. Orden för denna bok är låsta i mitt hjärta.

Visionen var, att en underbar kvinna, som inte talar mitt språk skulle låsa upp dessa ord om fred. Denna underbara kvinnan var min själsfrände.

Jag var så förenad med att höra, vid en tidpunkt, att världen behövde dessa ord. Visionen uppgav också att den här kvinnan och jag skulle ges ett fredspris. Jag tänker nu, att denna vision kommer att hända. Jag tror att ni, precious Wonder, är den där kvinnan.

Jag tror att vi har en "mission" att uppfylla.

Tro inte att jag är galen eller konstig. Jag tycker bara "vårt" möte är förutbestämt och så lägligt. Jag kände en sådan "värme" från dig i det första mailet jag fick.

Jag önskar, att jag kunde hålla dig i detta ögonblick. Jag vill se dig och höra din röst.

Jag vet, att du är "mitt liv".

Det har bara gått 2 veckor, sen vi träffades i chatten och allt var överväldigande. Vi gjorde planer i e-mail att mötas i Los Angeles. Jag flög över från Sverige med mina två barn och vi bodde hos min dotter i Los Angeles. Sluggo - Dean skulle komma en vecka senare. Vi hade beslutat att träffas på the Promenade i Santa Monica.

När han anlände till Los Angeles, sade jag till mina barn: "Jag kommer att möta en man, som jag har "datat" i en månad."

" Är du galen? Du vet ju ingenting om honom!", sade mina barn.

Ja, jag kan förstå deras frustation över vad mamma gör.

" Ja, jag vet, att jag är galen, men om jag inte gör detta, kommer livet att vara detsamma."

"Ensamhet och tråkigt liv."

Jag lämnade dem för att träffa min blivande make. Ingen ide´ att förklara nu.

"Ni kommer att få se." "Jag är säker på, att det kommer att gå bra."

Dean sade till mig:

" Your kids love you so much. They are afraid for you and don´t want any harm to come to you. You are so special to them. You feel sad, because they are worried for you. That is so understandable! Because they are so special to you. We then are nervous, because we have such deep feelings of love for each other and can´t really logically explain it for ourselves.

We are then told about the horrible "war" stories of internet love and romance.

People do laugh at these things and are quick to point the absurdities of the whole thing. This is understandable. This is the one of the reasons I have not told very many people about us. I knew that if I told them, only negatives would be the response. You were in a position of having to tell your children because of our meeting over here.

They are anxious, especially when told details of our "holdless" and "sightless" relationship.

This is so understandable. I would be very sad, if your children were NOT worried."

(övers.:)

"Dina barn älskar dig så mycket. De är rädda om dig och vill inte att något ska skada dig. Du är så speciell för dem. Du känner dig ledsen, eftersom de är oroliga för dig. Det är så förståeligt! Eftersom de är så speciella för dig. Vi är också nervösa, eftersom vi har så djupa känslor av kärlek till varandra och kan inte riktigt logiskt förklara det för oss själva.

Det har berättats för oss om hemska historier om internet kärlek och romantik.

Människor skrattar åt dessa saker och är snabba att döma. Detta är förståeligt. Detta är en av anledningarna, att jag inte har berättat för många människor om oss. Jag visste, att om jag berättade för dem, så skulle de bara vara negativa. Du måste berätta för dina barn på grund av vårt möte här.

De bryr sig om dig, särskilt, när du berättar, att det är en blind date.

Detta är så förståeligt. Jag skulle vara mycket ledsen, om dina barn INTE var oroliga. "

THE PROMENADE

Jag sitter på muren utanför köpcentret vid the Promenade i Santa Monica, där vi har beslutat att träffas. Jag har en svart långkjol på mig och en svart vit randig blus. Jag är nervös, men känner mig glad att snart se min kärlek. Jag ser en bil, som åker runt två gånger med en man i en cowboy hatt. Det är ju HAN! Nu kommer han emot mig. Min Sluggo!

Jag minns honom från bilder, han har skickat. En stor kram. Vi bestämde oss för att äta en lunch i en fransk restaurang på the Promenade. Det är skrämmande de första minuterna i restaurangen. Hur ska det här gå? Nervöst! Vi pratar och visar bilder på våra barn.

Vi avslutar lunchen och börjar nu att gå på the Promenade.

Gissa, vilka vi träffade?

Mina 3 barn kommer emot oss. De spionerar på oss!

"Hur mår ni? De har inte en chans att passera utan stannar, när Dean hälsar på dem. Vi pratar en stund och vi skrattar och de tycks glada.Dean är så snäll mot dem och de svarar artigt. Vi promenerar nu alla tillsammans.

CATALINA ISLAND

Vi har beslutat att åka tillsammans, jag, mina barn och Dean, till Catalina Island nästa morgon. Alla mina barn är i en stämning av galenskap, skriker rätt ut, skrattar - de är så glada. För min skull, tror jag. Han var inte en konstig person men en trevlig, artig gentleman. De är nog överaskade! Vi befinner oss i en restaurang för lunch. De dricker öl och har roligt. Dean betalar för oss alla. Det imponerar på mina barn. Vi hyr en golf bil för att åka runt ön. Mina barn beter sig, som de verkligen har kul. Min son tar foto av soptunnor överallt. Säger: "Vacker!" Bästa åkturen jag någonsin har haft med mina barn och en ny man i mitt liv.

Det är inte så mycket tid för oss kvar tills jag åker till Sverige. Det är mycket svårt att separera från varann. Dean och jag hade en underbar vecka. Jag flyttade in i hans hotellrum. Vi hade underbara middagar med champagne och pratade och pratade.

Vi åkte till Hollywood, Beverly Hills och badade på Malibu Beach, där Dean brände upp ryggen, för han låg på en sida hela tiden och pratade med mig. Den mest underbara passionen mellan oss! Allt var hisnande att vara nära honom. Jag kände honom med hela min kropp. Jag hörde hans bas röst säga de mest underbara ord. Jag var fast i en kärlek till honom. Vi såg filmen "Notting Hill" med Julia Roberts och Hugh Grant. Denna film kom att bli speciell för oss. Så speciell, så vi tog två sånger "She" och "You say nothing at all" till vårt bröllop, och dessa sånger sjungs av oss.

Vi sov inte mycket. Nu när vi äntligen träffades, ville vi vara för varandra. Ta reda på vilka personer vi var. Han ville inte älska med mig. Vi måste vänta. Han ger mig mycket glädje, och vi är mycket nära varandra. Jag har så mycket känslor för min man. Vi är som två själsfränder, som har funnit varandra. Hela havet hade varit mellan oss, men ändå hade vi känslor för varandra. Fantastiskt!

Hur kan detta förklaras? Eller inte. Ibland är livet en mystik. Varför träffades just vi? På en chatt online? Vi var på rätt plats vid rätt tidpunkt. Det var meningen, att vi skulle träffas.

BRAND

Jag kommer tillbaka till Sverige. Dean skriver:

Ï smelled smoke coming from north of me. The emergency news radio came on and said, that a large range fire was coming our way. I told all people living on the slope of Rattlesnake Mtn to prepare for home protection or evacuation, because the fire was coming very fast. I turned in all my irrigation to keep everything wet and opened all fences so livestock could escape. All the men in area went to cut a fire line. One man had a bulldozer, so we went north and began to cut a line. We worked all night till 0430 this morning. The fire is now under control. There was five different fire departments, the Forest Service and many local men fighting this fire. I don't know, any lost homes. But some got minor smoke sickness and minor burns, but not serious. The forest Service came with PBY aircraft and helicopters with water tanks. It was so fearful.

The flames would go 100 meters in the air, when hitting areas, where dead sage brush had accumalated.

The PBY aircraft would drop water near us as we cut the fire line. This would keep the dry grass wet for our safety. The news radio just said, that 20,000 acres were lost and many cattles and horses. No person was seriosly injured, but several stock barns were lost."

(övers.:)

Jag kände rök som kom från norr. Nyhets radion sade, att ett stor brand närmar sig oss. Jag sa till alla människor som bor på sluttningen av Rattlesnake Mtn att förbereda sig för skydd eller evakuering, eftersom elden kom mycket snabbt. Jag satte igång min bevattning av gården för att hålla allt vått och öppnade alla staket så boskapen kunde fly. Alla män i området gick ut och högg ner till en brand gata. En man hade en bulldozer, så vi gick norrut och började göra en brandgata. Vi arbetade hela natten till 0430 i morse. Branden är nu under kontroll. Det fanns fem olika brandkårer, Forest Service och många lokala män slåss i denna brand. Jag känner inte till, om man förlorat några hem. Men några fick mindre rök skador och mindre brännskador, men inte allvarligt. Skogs Service kom med PBY flygplan och helikoptrar med vattentankar. Det var så skrämmande.

Lågorna gick upp 100 meter i luften, där de hittade områden, där torra döda buskar fanns.

 PBY flygplan skulle släppa vatten nära oss, där vi gjort en brandgata. Detta skulle hålla torrt gräs vått för vår

23

säkerhet. Nyhets radion sade just, att 20.000 tunnland gick förlorade och många kor och hästar. Ingen person blev allvarligt skadad, men flera lador gick förlorade.

DEAN TALAR OM FÖR FAMILJEN OM VÅR KÄRLEK

"Yesterday was so much stress telling my children about our love and future plans.

I wanted them to know, but I did not want any pain for them. It went well as I told you.

Dean saying: ¨Thing is that I love you so much I really feared losing you.¨

Dean talked to me today.

He is telling me:

¨Today was fantastic! I talked with you. Your voice is like beautiful music.I love you so much!

I want to be with you, my love. I want to hold you so close to me and kiss your beautiful lips.

I want to make love to you, my precious. I look at you in the video and my pulse races and my breath leaves me. This is what LIFE is all about.

I know there will be obstacles, but our love for each other will always carry us through the challenges.

We are meant for each other.

These months seem like a long time but I have waited all my life for you.

You are my true LOVE.

I am so happy and relieved today.We have crossed this obstacle."

övers.:)

"Igår var så mycket stress att berätta för mina barn om vår kärlek och framtidsplaner.

Jag ville att de skulle veta, men jag ville inte någon smärta skulle drabba dem. Det gick bra som jag sa.

Dean säger: Jag älskar dig så mycket att jag fruktade att förlora dig.¨

Dean pratade med mig idag.

Han berättade för mig:

Idag var fantastisk! Jag pratade med dig. Din röst är som vacker musik. Jag älskar dig så mycket!

Jag vill vara med dig, min kärlek. Jag vill hålla dig så nära mig och kyssa dina vackra läppar.

Jag vill älska med dig, min älskade. Jag ser på dig i videon och min puls slår hårt och jag nästan tappar andan. Detta är vad livet handlar om.

Jag vet, att det kommer att finnas hinder, men vår kärlek för varandra kommer alltid att föra oss igenom utmaningarna. Vi är menade för varandra. Dessa månader tycks som lång tid, men jag har väntat hela mitt liv på dig. Du är min sanna kärlek. Jag är så glad och lättad idag. Vi har passerat detta hinder.

Min kärlek talar om för mig.

"I just awakened up by severe thunder and lightning. There is now a fire in Horse Heaven Hills. The emergency radio said, that it is secure within river and burnt out boundaries. There are no homes over there, but I fear for the wild animals. I wish rain would come! It is ten minutes past from where I am now, so I will stay awake and watch the other land around me. Range fires are a way of life around here in the hot summer. It is natures way of keeping the land clean, but we people live here too. There is a political nature group that says ¨we don't belong here¨. They say things like, ¨let the fires burn everything¨, don't eat meat or plants, they have feelings¨.

I ask them ' maybe man should do what you say, let's not eat plants or animal, let's the fires burn¨. "It's your bright idea, will you go first?"

I really dislike being sarcastic to other people, but these guys really tax my patience. The thing that is so amazing is that people are for the most part very well educated, masters and PhD's.

I wish they could channel their talents toward more realistic goal".

övers.:)"Jag vaknade upp till åska och blixtar. Det är nu en brand i Horse Heaven Hill. Radio sade att det är säkert nära floden och utbränt gräs. Det finns inga bostäder därborta, men jag är rädd om de vilda djuren.

Jag önskar, att det kommer regn! Det är tio minuter från där jag bor nu, så jag kommer att hålla mig vaken och titta på marken runt omkring mig. Skogs bränder är ett sätt att leva med här i den varma sommaren. Det är naturens sätt att hålla marken ren, men vi människor bor här också. Det finns en politisk natur grupp som säger att vi inte hör hemma här. De säger saker som, låt bränderna bränna allt, inte äta kött eller växter för de har känslor. Jag frågar dem: "Om man ska göra vad ni säger, låt oss inte äta växter eller djur, låt bränderna brinna. "Det är er lysande idé, kommer ni att göra det först?" Jag ogillar verkligen vara sarkastisk emot andra människor, men killarna triggar verkligen mitt tålamod. Det som är så fantastiskt är att människor är för det mesta mycket välutbildade, masters och PhD.

Jag önskar att de kunde kanalisera sina talanger mot mer realistiskt mål.

Tillbaka i Sverige får jag ett arbete i Stockholm. Jag fick ett jobb som skolpsykolog. Jag känner av konflikter i teamet. Det verkar som de klandrar andra för sina brister.

" It is amazing, how people can somehow neutralize themselves from a situation, when they are partly to blame.

I can see this in the nature. I have spend a lot of time in the woods and have observed many wild animals behave exactly this way. For instance, the coyote. This is a very intelligent animal. They work together, when things are good. They will share foodkills and protect another coyotes young. When things are bad, the "pecking order" becomes centralized to certain family groups (teachers).

This group now searches out the lone coyote, or smaller family group (the school nurse and psychologist) and steals its food, fights with it and generally makes life unbearable. Now, it is amazing how university educated people can behave so much like ´ol wily coyote. I wonder what would happen in the coyote community, if coyotes went to university? Just a different perspective, but non-the-less true." Dean is writing.

(övers.:) "Det är fantastiskt, hur människor på något sätt kan neutralisera sig från en situation där de är medskyldiga. Jag kan se det i naturen. Jag har tillbringat mycket tid i skogen och har observerat många vilda djur beter sig precis på detta sätt. Till exempel, prärievargen. Detta är en mycket intelligent djur. De arbetar tillsammans, när saker och ting är bra. De kommer att dela maten och skydda andra prärievargar som unga. När saker är dåliga, blir "rangordningen" centraliserad till vissa familjegrupper (lärare). Denna grupp söker nu ut den ensamme prärievarg, eller mindre familj grupp (skolsköterska och psykolog) och stjäl dess mat, kämpar mot det och i allmänhet gör livet outhärdligt. Det är fantastiskt, hur universitetsutbildade människor kan bete sig så mycket som lömsk prärievarg. Jag undrar, vad som skulle hända i prärievargsamhället, om prärievargar gick på universitet? Bara ett annat perspektiv, men icke desto mindre sant. " skriver Dean.

5 månader är en lång tid att vara ifrån varandra, när du är kär. Jag längtar efter min man att komma till Jul. Vi kommer att flytta till Stockholm i januari. Det har kommit en hel del snö och överallt i Sverige, ser man ljusstakar i alla fönster innan Jul. Det är magiskt! Arlanda flygplats, här kommer han - min man. En stor, varm kram och en kyss på läpparna.

WOW, vad vi har längtat efter det här mötet.

Dean hade fortfarande jetlag och jag hörde honom gå ut i det snöiga landskapet mitt i natten.

Han sade till mig, han kunde inte vänta. Han var som ett barn, när han såg all snö.

Han var glad och nyfiken, gick runt i den lilla staden. Han var ensam, alla sov, men inte han. Han träffade två poliser i en bil. De stannade, när de såg honom. Han visste inte varför, men han pratade med poliserna och berättade för dem, att han hade varit en deputy sheriff i USA.

De var imponerade, och han hade ett långt samtal med dem.

Senare berättade han om sin tid som deputy sheriff i Kings County i Seattle.

Han var "undercover" polis en gång, infiltrerande i Hell's Angels gänget. Han hade långt hår och långt skägg och körde en motorcykel. En "Norton" motorcykel hade han.

Detta var en farlig tid tillsammans med dem och att låtsas, att han var en gängmedlem. Han kunde lätt upptäckas, att så inte var fallet. Han höll distans och var tvungen att vara mycket försiktig. Gänget hade unga tonårsflickor som slavar och som prostituerade i det här huset. Dessa tonåringar hade försvunnit hemifrån.

Polisens mål var att frigöra dessa flickor från sitt fängelse av huset.

Han måste låta polisen veta, när det var dags att göra det.

När tiden kom för denna åtgärd, signalerade Dean till poliserna utanför att angripa huset och gängmedlemmarna. De lyckades mycket bra och fick flickorna släppta och gängmedlemmarna blev arresterade och kom senare i fängelse.

Flickorna hade lidit en hel del som prostituerade. Mycket tråkigt, vad dessa män hade gjort dessa unga flickor.

JUL

I Sverige firas Julafton som Jul - med middag och julklappar.
Det börjar i hela Sverige med Kalle Anka, tecknad film från
60-talet, kl. 15.00 på TV. Samma procedur varje år. Det är
som en svensk inte vill ha en förändring. Samma tradition -
varje år. Alla svenskar framför TV: kl. 15.00.

Dean tyckte det var underbart!

"Ni gör detta varje år?"

"Ja, och vi älskar det".

Vi hade kul med mina barn i vardagsrummet, tittande på
Kalle Anka. Mina föräldrar kom till julmiddagen. Tradition i
Sverige är "Smörgåsbord" med snaps. Du måste sjunga
innan du kan dricka snaps. Sången säger: "om han inte
helan tar, han heller inte halvan får......". Min son
förklarade för Dean: "du måste verkligen ta hela, annars får
du ingen mera.".

Dean trodde det gällde alla drycker, även vinet. Så han drack hela glaset med vin i en klunk. Han blev verkligen berusad, och han skämdes, om mina föräldrar undrade, vilken konstig människa jag hade fått tag på.

Han berättade för mig:"Det är inte lätt att vara i ett nytt land med andra traditioner och kultur." "Jag försökte bara att anpassa mig till den svenska traditionen."

I vår lilla stad, Gävle, bygger brandmännen en stor Julbock av halm, ca 10 meter hög, varje Jul. Detta är tradition och den är mycket vacker. Nästan varje Jul tänder någon på den, så den står i full låga. Man kan spela på denna bock, om den kommer att brinna eller inte - och vinna pengar. För Gävleborna är detta så ledsamt, när bocken brinner. Den ligger t.o.m ute på internet, så man kan kolla, om någon kommer nära den. Det finns alltså odds på denna Julbock. Den här Julen hade min son berättat för Dean om Julbocken, att man kan vinna pengar, om man bränner ner den. Litet längre fram i december brinner nu Julbocken.

Det visar sig, att en amerikan blir gripen för denna gärning och arresterad. Vanligtvis springer de iväg, men amerikanen står kvar och visste inte, att detta är straffbart att bränna ner bocken.

När jag kommer till min skola följande dag, så tror lärarna, att min pojkvän bränt bocken. De visste, att min pojkvän var amerikan. Jag kom hem till Dean senare och berättade, vad lärarna trodde, att han bränt Julbocken. "Ja, det var ju

33

nära, att jag gjort det, för din son sade ju, att man kan vinna pengar på att bränna ner den och inte heller jag visste, att det var straffbart."

KULTURER

Vi var personer från olika kulturer och traditioner.

Dean visste att européerna äter med både gaffel och kniv men amerikanerna endast med gaffel. Detta är svårt för amerikanerna att även använda kniven. De skär köttet med gaffeln. Dean hade övat att även använda kniven, så han inte skulle märkas så mycket, men tyckte det var svårt och vände tillbaka till endast använda gaffeln igen. Han kände sig som en outsider. Min mamma märkte, att han äter med en gaffel och erbjöd honom en fiskkniv, eftersom det såg så svårt ut för min mamma på det sätt han åt - endast med gaffel!

Jag gillar verkligen det amerikanska sättet att vara mycket artig emot partnern. En amerikansk man passerar aldrig före en kvinna. Han öppnar dörren för en kvinna och han öppnar bildörren och låter kvinnan gå in först. Om du kommer som en kvinna i ett hörn och möter en man, tar han ett steg tillbaka och låter kvinnan passera först. En amerikan låter kvinnorna sitta först på en plats i en buss.

När Dean och jag var på väg en gång med buss i Stockholm, stod vi först, därför att det fanns inga sittplatser. Vid nästa busshållplats fanns några lediga platser och jag sa:

"Kom och sitt här, Dean"

Dean lät sin bas röst höras över hela bussen:

"Jag tar aldrig en plats före kvinnor och barn. Jag kommer att stå!"

Plötsligt reser sig en svensk man , när han hörde min man, och lät en kvinna sitta ned.

Så var han - min man!

Dean försökte lära sig svenska. Han åkte själv till Gamla Stan och hela Stockholm för att ta sig fram ensam, medan jag jobbade. Han fann, att när han försökte prata svenska, svarade folket på engelska och svenska folket var mycket bra på engelska.

När han ville träna sin svenska i ICA Maxi en gång, hände detta: Han ville köpa bland andra saker, oliver utan kärna, men han kunde inte hitta dem. Han frågade på svenska: "Jag skulle vilja köpa oliver utan pit", han blandade in amerikanska pit=kärna i den svenska meningen. Han visste inte det svenska ordet "kärna". Mannen i butiken börjar skratta åt honom. Han förstod inte varför. Han gick hem ledsen och sade till mig att de hade skrattat åt honom.

"Vad sa du?"

"Jag skulle vilja köpa oliver utan pit". Jag började nu skratta och förklarade för honom, vad han hade sagt. Han förstod nu, varför de skrattade.

Dessa ord som du inte säger,för de är inte passande, kan vara problem i olika språk. Jag hade samma sak, som hände mig i USA. Jag kunde inte förstå varför folk skrattade åt mig. Jag var i en restaurang med mina flickvänner. Jag tyckte maten till lunchen var mycket god, så jag sa servitören:

"Tell the cock that it was wonderful food." På svenska blir det:

"Säg till "kuken", att maten var fantastisk!" (kock =chef på eng.)

Alla skrattade och kocken kom ut och vinkade till mig.

Amerikanerna säger inte, att de går på toaletten. Jag vet inte varför, kanske de inte vill berätta vad de gör i en toalett. De går till badrummet eller vilorummet, "bathroom" eller "restroom" . Det är allt! För svenskarna blir detta förvirrat. En gång i min systers hus, frågade Dean efter bathroom och min svåger frågade, om han ville ta ett bad. En annan gång bad Dean om restroom. Min kusin undrade, om han ville vila.

Vi i Sverige använder ordet toalett, men amerikanerna använder inte alls ordet toalett utan badrum eller vilorum.

När jag slog i pannan i en skåpdörr i köket, tog jag en stor kniv och lade över pannan, så inget blåmärke skulle bli eller svullnad. Det hade jag lärt mig av min mamma. Dean var i badrummet, jag låg ner på sängen och hade en stor kniv över min panna, när han kom in i rummet och såg mig.

"Jag måste snabbt ut från detta ställe. Den här kvinnan skrämmer mig!" tänkte han.

Ofta blev det missuppfattning p.gr.av språkförbistring eller kulturella skillnader. I början var det ett problem och Dean sade många gånger, att han skulle åka hem till USA och lämna mig men vi fick den mest underbara närhet, när vi rett ut, vad problemet var. Vi hade djupare kärlek efter konfrontationer. Jag gillade Deans konfrontationer, även om det var svårt många gånger, han var mycket rak, dolde inget. Han var sanningsenlig. Jag ville många gånger fly från konflikter. Jag gillade inte det, men jag lärde mig att stå där och lyssna på konfrontation och säga min mening. Under tiden som gått har vi lärt oss från våra kulturer, vad var hindret för vår kärlek .

Jag hade kortare och rakare kommandon som svensk ibland, vilket inte Dean tyckte om, t.ex: " Kan du gå ut med soporna?" I Amerika gör de omskrivningar och är inte så direkta och låter vänligare. Det kan låta t.ex: " Vill du vara snäll..." Skulle du kunna tänka dig..."

Så när jag sade: "Kan du gå ut med soporna?" hände inget, tills jag sade " Do you mind to bring the garbage?" " Kan du vara snäll och gå ut med soporna...?" Då gick Dean ut med soporna.

60-TALET

Dean och jag var unga under 60-talet. Vi båda upplevde den musikaliska revolutionen med Elvis Presley, Beatles, Bill Haley etc.

Våra föräldrar protesterade emot den musik vi lyssnade till. Varje lördag eftermiddag efter skola, ja, vi gick i skolan på lördagar, lyssnade vi till Top 10 på radion.

Föräldrarna ogillade, att vi tjejer skrek till Elvis Presleys höftrörelser. Det var skamligt, att se se denna artist, tyckte de. Beatles killarna hade långt hår, det var unikt och sexigt.

På 50-talet hade det ju varit lugn foxtrot och vals. Dessutom hade nu flickorna kjolen upp ovanför knäna tillsammans med trånga Corrêge stövlar. Vi hade mycket make-up med svart kajallinje målad med eyeliner på ögonlocken i kanten av ögonfransarna. Dessutom upptuperat hår med en svinrygg bak. Vi skulle se ut som Farah Dibah, en kejsarinna från Persien, som det hette då. Många kunde göra svinryggen större genom att lägga in ett franskt bröd i den. Åtskilligt av hårspray gick det åt, för att hålla håret på plats. Tänk, när fransk brödet blev gammalt, för vi lät det sitta i länge!

När nu Dean och jag möttes, visade det sig, att vi tillsammans kunde dansa rock'n roll, twist och bugga. Vi hade så roligt tillsammans och dansade till härlig 60-talsmusik. När vi senare var till återförening av hans graduation från 1962, dansade vi alla till den musik, som var Top 10 under det året. Återsamlingen var högst uppe i ett hus på en klippa med utsikt över Puget Sound, inloppet till Seattle. Fantastisk utsikt och här träffade jag Deans klasskamrater från high school.

Dean kom tillbaka i september till mig. Vi hade varit ifrån varandra sedan sommaren, när jag hade varit i USA hos honom. Den första kvällen föll han ner på knä framför mig och frågade:

"Vill du gifta dig med mig?"

För mig var detta en överraskning och jag blev så glad och sade:

"Ja!"

Han satte nu en en stor diamantring på mitt finger. Jag blev så glad. Hur kunde detta hända mig! Han kramade mig och vi stod där som två förlorade personer i en stor kram och grät av lycka.

Nu blev jag "svensk" och berättade för honom, att nu måste vi köpa en ring till honom, som vi gör i Sverige, där båda har en förlovnings ring och har ett särskilt datum för vår förlovning.

Dean blev så ledsen. Detta var det sätt de gör i USA, mannen friar och ger kvinnan han älskar en ring och han blev mycket förvirrad, när jag talar om ett annat datum där vi kommer att byta ringar, som vi gör i Sverige.

Han kunde inte förstå detta. Det här var datumet han ville ge mig ringen.

En annan kultur krasch.

Hur som helst, vi förlovade oss på gården till den Finska kyrkan i Gamla Stan, där en staty av en föräldralös pojke var. Under det finländska Vinterkriget (1940),kom många föräldralösa barn till Sverige, och många stannade här i Sverige efter kriget var över. Detta var en monument från denna tid. Dean hade bestämt denna plats.Han tyckte, det var en fantastisk plats med denna lille staty av en pojke, som hade en stickad mössa på sig. Så han tog tillbaka sin makt att bestämma, att här skulle förlovningen ske. Vi var lyckliga i vår kärlek och åt den mest underbara förlovningsmiddag på "5 Små Hus" i Gamla Stan.

EX

Vi hade båda partners, som har varit otrogna mot oss.

För mig var det en hemsk sak att ta reda på, att min ex hade varit otrogen mot mig i ett halvår. Jag hade känt, att något var fel. Jag konfronterade min före detta och han berättade att han hade en yngre flicka och hon var gravid.

Denna verklighet gjorde mig så sjuk under lång tid, att en person kan vara så elak och dölja så hemska saker för mig så länge. Det var sveket, som gjorde mig sjuk. Jag trodde, att vi hade det bra. Mitt självförtroende gick ned. Vi var alla förvirrade i min familj. Min före detta hade ett bra jobb och fina barn och var glad mestadels. Han var förtjust i mig.

Jag analyserade detta beteende för att förstå.

"Han jagade förstås det romantiska idealet, men han kunde inte ha gjort ett värre val än kvinnan, som han jagade tillsammans med. Hon hade varit med många före honom antagligen. Det verkade som den här kvinnan valde män med utgångspunkt från två egenskaper, de måste vara upptagna och måste ha status. Det faktum att de måste vara upptagna har ingått i någon mystisk kärleksskuld eller ett säkert sätt i en "pakt" utan ansvar eller förpliktelser. Min analys är enligt följande: Älskarinnan är stolt. Hon har vunnit en seger igen. Ännu en gång är hon pappas lilla flicka.......varenda pappas lilla flicka. Första gången var bara fem år och konkurrerade med mamma om pappas gunst. (Electra komplex)

Det var första gången hon kände triumf. Återigen har hon sökt drogen: att konkurrera med en annan kvinna och att VINNA.

 Det verkar som det inte är tillräckligt att ha en underbar familj, ett bra jobb och ekonomi. Det verkar som det måste vara lite mer "spännande", för mitt ex. Vi måste hålla våra illusioner i shack. Många fantasier är oskyldiga men många är mycket farliga.

Vi måste se de romantiska idealen, som de är.

Annars kan de vara som sirenerna - erotiska och frestande - och vinka till farliga far vatten och självdestruktion. "

Dean hade en liknande historia med sin första ex. Han var en deputy sheriff. Han arbetade nätter, men denna speciella kväll blev han sjuk och körde hem.Han var uniformerad och hade alla pistoler i uniformen. Han var fullt beväpnad, så att säga!

När han kom in i sitt sovrum, fann han sin bästa vän i sängen med sin fru.

"Uhhhh!"

Han kunde skjutit denne man eller båda, fullt beväpnad som han var.

Han skrek: "ut ur mitt hus, NU!"

Den här mannen fick sig själv snabbt ut ur huset, det snabbaste sättet han någonsin gjort. Dean, som av förståeliga skäl, var mycket upprörd, tog polisbilen och körde till sin polischef. Där stannade han i en månad och chefen fick honom lugnare.

Dean hade svårt att komma över denna otrohet.Han talade om detta svek många gånger. Han försökte också att analysera, varför detta hände.

"båda dessa bästa vänner hade ansökt om Polisutbildning i Police Academy. Det var många tester och även fysiska tester. Dean klarade alla dessa. Det fanns tusentals som ansökte men endast 100 fick börja utbildningen. Dean godkändes och antogs till Police Academy men inte hans vän. Han kunde se en hämnd från sin vän att ta hans fru från honom. " En förskräcklig sätt att bevisa sin stolthet att skada Dean! Under denna tid blev hans fru gravid och födde en son - oturligtvis avled sonen efter några veckor. Dean hade inte kunnat prata om sin döde son. Han glömde det . Han hade också tvivlat, om han var fadern. Han var - och barnet har namn efter honom och Jr.

För oss var det så viktigt att vara ärliga, sanningsenliga, tillitsfulla. Vi vet, att vi älskade varandra så mycket och ville inte förstöra vår kärlek. Vi var, i flera månader, på grund av arbete, skilda från varandra. Jag var i Sverige och Dean i USA. Vi hade lovat varandra att vara ärliga och sanningsenliga. Vi båda hade så många ärr från otrohet från våra partners.

11 SEPTEMBER 2001

Jag var i gallerian nära hemmet. Det fanns människor runt en TV i hallen. Jag stannade och undrade vad de tittade på. Jag såg ett flygplan, som flyger in i ett av World Trade Center torn. Alla runt är tysta.

Jag förstår inte vad som händer ..... Nu flyger ett annat flygplan in i det andra WTC tornet. Det var en chock. Jag undrade vad som hände. Jag ringer Dean på väg hem. Hans tid var nu 06:45 och han sover fortfarande:

"Det är något som händer i New York!" Min röst var svag.

"Jag vet inte vad det är, två flygplan har flugit in i World Trade Center tornen. Pentagon är också skadat av ett flygplan "

Jag kunde inte säga något mer, jag grät och var rädd.

"Va?"

"Jag sätter på TV", säger Dean.

Hela kvällen satt jag på soffan och tittar på TV och ser dessa flygplan krascha in i de två tornen. Senare kollapsar tornen, ett efter ett, Jag ser folk, som springer för sina liv fulla av damm.

"Det här är overkligt!" "Vad händer?"

Dean gick in i klubbhuset och träffade hyresgäster där. Alla undrade vad som händer. En kvinnlig granne hade knackat på hans dörr, grät och var chockad.

På grund av rädslan för ett krig, var alla hemma från jobb, många jobbade i Hanford, kärnkraftsverket, i närheten.

Alla var här i flera dagar, beställde mat, och alla ville vara tillsammans i denna rädsla.

Världen kommer inte att vara densamma efter denna fruktansvärda handling av terrorister.

USA hade blockerat alla gränser från flyg. Inga flygplan kunde komma in över amerikanska gränsen.

Dean skulle 5 dagar senare flyga till Sverige. Han var inte säker på, att han kunde göra det på grund av inga flyg!

Jag åkte tidigt följande morgon för att vara med barnen i skolan och prata med dem, om vad som hänt, som skolpsykolog. Jag var i 5: e klass. Alla var mycket tysta och rörda. På tunnelbanan ut till förorten var det en förtätad stämning, ingen sade någonting och alla verkade i chock. I klassen talade vi om vad som hade hänt, om de två flygplanen, som flugit in i de två WTC-tornen i New York. Jag bad dem att rita, vad de hade sett på TV kvällen innan.

Barnen hade också lagt märke till, hur människor hoppar emot döden från tornen, i sina teckningar.

Jag hade en palestinsk pojke i klassen, han vägrade att rita något. "Ingen bryr sig om vårt lidande i Palestina, varför skulle jag sörja vad som hänt I USA?", sade han.

Folk undrar, vilken hemsk värld vi lever i. I detta hemska kommer människor också nära varann och hjälper varann och sluter sig samman i sorgen.

STOCKHOLM

Jag träffade Dean på Arlanda flygplats 5 dagar senare. Vi gav varandra en stor kram och vi var så glada att se varandra efter denna fruktansvärda olycka i New York och Washington. Vi håller om varandra under en lång tid, glada, att vi lever.

Dean hade mycket vrede mot terroristerna och människor i Mellanöstern. Vi såg mycket på Nyheterna på TV och hörde hur diskussionerna gick i USA. Vi tittade mycket på CNN. Vi förstod att USA kommer att göra något efter denna förödmjukelse från terrorister. Vi ser hur folk i IRAK bränner den amerikanska flaggan, vilket gör Dean mycket upprörd.

I januari 2003 invaderade USA IRAK. Amerikanerna ville hämnas. Saddam Hussein hade varit en stor sponsor av terrorister. Han dödade också människor av sina egna.

VÅRT BRÖLLOP

Vi har beslutat att ha bröllopet i min kusins gamla hus från 1870, i deras matsal. Ett vackert hus byggt med torn på taket, hela huset målat i gult.

Vi hade förberett detta bröllop att vara en överraskning till vår familj och vänner. Vi hade övat sånger från filmen "Notting Hill", vi såg i Santa Monica, när vi träffades första gången, i månader.

Jag hittade en lång blå klänning som brudklänning. Blått, mest, eftersom jag har varit gift tidigare och blått, eftersom Dean älskade mig i blått. Jag hade målat "den blå lady" en

48

kvinna klädd i blått, stående vid en Rolls Royse i månsken.
Jag gav honom den och han hade den över sin säng i USA.
"Hon skyddar mig", sade han.
Jag kom upp från källaren och gick in i köket, där Dean och
prästen var.

"Åh, så vacker du är, min älskling!", sade Dean och prästen
instämde.

Alla gäster satt nu i matsalen och vi tågade in med prästen
framför oss till toner av Bach.

Under ceremonin står vi med ryggen mot publiken.

Nu vänder vi oss emot varandra.

Dean sjunger nu "She" av Elvis Costello. Med sin djupa bas
röst hörs sången ut i det stora rummet och människor blir
mycket rörda och några får tårar i ögonen.

Jag sjunger "You can say nothing at all" av Allisson Krauss.

Folk tar foton och jag kan se att min dotter och min son
blev mycket förvånade att höra mig sjunga.

Vi vänder oss nu emot publiken, ser dem rörda, när vi nu
lyssnar på "The Prayers" av Charlotte Church och Josh
Groban.

När vi avslutar med "Only You" av Platters, är alla så glada!

Alla befinner sig nu i en atmosfär av kärlek och glädje. Vi får champagne ute på gräsmattan. Alla är nöjda och vi är mest. Dean ger mig kyssen jag inte fick under ceremonin.

Äntligen börjar vårt liv som man och hustru tillsammans.

Middagen är supurb. Italiensk mat och prinsesstårta samt mycket vin.

Dansen efteråt blir succé´. Alla går igång på den, lyckliga och dansanta. Vi har valt den bästa musik från 1962, när Dean tog examen. Han hade fått en CD från sin sista återförening av Graduation.

Folk hade kul, börjar dansa rockn'roll och jive.

Mina kusiner, han från min mammas sida, hon från min pappas sida, möts igen och dansar ihop efter 30 år av återseende. De hade nämligen en tonårsförälskelse. Med andra ord. Framgång!

Jag var så glad att få min man, och han lyste av kärlek i hela sin person. Han tittade på mig under hela ceremonin med ögon, som säger "jag älskar dig så mycket".

Han väntade på prästen att säga:"du kan kyssa bruden nu", men han sade det aldrig.

I Sverige görs inte detta, men i USA är det en sed, att kyssas efter ceremonin. Han blev besviken över det, men vi borde ha berättat för pastorn innan.

Hur som helst, vi var nöjda och alla med oss.

Sluggo fick sin Wonder, som en gång möttes i en chatt online.

Kan det vara mer speciellt och märkligt ?!

Nu hade vi hela bröllopsnatten tillsammans - ensamma. Men under bröllopsnatten fick jag öronvärk och var mycket sjuk. Tidigt på morgonen var jag tvungen att åka till akuten att få en läkare. Hur kan det bli så?

BALLONGFÄRD

Vi hade fått en ballongfärd i en gåva från alla mina barn.

Nu var det dags att göra den i vackra juni. Det var fantastiskt att följa, hur de blåser upp den stora ballongen med gas. Det fanns cirka 15 ballonger, som blåstes upp med gas och visade upp så vackra färger tillsammans. Korgen under ballongen gav plats för 22 personer och kaptenen.

Nu var vi alla i den och äventyret kunde börja.

WOW, att se alla dessa hus bli mindre och mindre, glida över hustak, inte ett ljud kom från oss, bara tyst glidande. Vackra landskap och underbart att se Stockholm från ovan. Vi överaskade folk på balkonger, som låg och solade och vi flög lågt över dem.

Någon skrek i korgen till dem:"Oväntat besök, Gevalia?"

Det finns en annons om Gevalia kaffe, där en man ramlar genom taket in i en kvinnas lägenhet och han säger "Oväntat besök, Gevalia? Sen dricker de Gevalia kaffe tillsammans.

Folk vinkar, där vi flyger fram, barn springer efter oss. På vår väg ner för landning, slår vi i ett stort träd. Jag blir rädd, och när ballongen kommer ner på ett fält, hoppar jag skyndsamt ur korgen. Ballongen hoppar till och flyger iväg igen. Till slut landar den på intill liggande fält.

Nu bjuder kaptenen på champagne och tackar för lyckosam flygning och vi mottager ett Diplom.

VIETNAM

Dean hade varit i Vietnam under 60-talet. Han vill inte berätta så mycket, det har varit hemska upplevelser, sade han.

Den första tiden vi bodde ihop, hade han hemska mardrömmar från Vietnam tiden. De avtog så småningom. Han blev väl trygg med mig.

Han talade med min pappa om pappas upplevelser under Andra Världskriget. Visserligen var Sverige neutralt, men hotet från nazisterna fanns där hela tiden. Tågen med nazisterna fick ju gå norrut över Sverige till Norge, som var ockuperat av nazisterna.

Min pappa var inkallad under kriget. Han berättade saker för Dean, som han aldrig berättat för mig tidigare. Han berättade, att han var stationerad ute på en ö utanför vår lilla stad. Där var han flera månader, kontrollerade havet, himlen, så inga obekanta föremål som båtar, flygplan kom in på svenskt territorium. Han signalerade med flaggor s.k semafor till de andra öarna.

Han sade till Dean, att Europa verkligen har Amerika att tacka för, att inte nazisterna tog över hela Europa. De var så glada, när Freden kom 1945. Detta tack vare USA. Min pappa berättade, att han hade en Carl Gustav gevär från 1904, när han var inkallad under kriget. Dean, som var mycket vapenintresserad och jagade mycket, hittade en Carl Gustav 1904 gevär, som han köpte till sin vapensamling. Han kunde sitta långa stunderna på kvällarna och beundra sina gevär som Beretta, Ruger och nu Carl Gustav. " Det är som konst för mig, så vackra i träet". Han putsade och rengjorde dem utförligt efter varje jakt.

Jakt var Deans passion. Det är ju en tradition I USA långt tillbaka att jaga. Han berättade, att han fick börja jaga med

53

sin pappa och hans vänner, när han var 12 år. På den tiden fick de också ta med sig geväret till skolan. De fick ställa det I ett skåp ute I korridoren, när de hade lektioner.

Tänk, det skulle vara nu - med alla skolskjutningar I USA!

THANKSGIVING DAY

Dean kunde komma hem med rådjur, fasan och kalkon, som han jagat. Han tillagade dem I vitt vin eller rödvin och det smakade utsökt.

Han var en god kock, duktig att göra mat.

Han var den som tillagade kalkonen på Thanksgiving Day. Han tillagade den i vitt vin, som han hällde varje halvtimme in i kalkonen, så den skulle bli saftig.

Thanksgiving Day I USA är en mycket fin tradition, som tillkom för att de nya människorna, pilgrimerna, på 1600-talet, ville tacka American Natives, indianerna, för att de blivit emottagna I deras land. De tackade med en skördefest av frukter och mat.

För mig var det första gången jag deltog I en Thanksgiving Day måltid, efter jag fått bröstcancer I USA.

Middagen var hos Deans ex wife och med barn och barnbarn.

Jag tyckte mycket om, på det sätt de tackade varandra för det som hjälpt dem under året. Jag tackade sjukhus och läkare, för att de botat min bröstcancer och att Dean funnits för mig.

BRÖSTCANCER

Jag hade 6 månader tidigare fått beskedet I USA, att jag hade bröstcancer. Det var en chock för mig och Dean. När jag fick information efter ultraljud, att jag hade bröstcancer, såg jag bara Döden framför mig. Jag grät och såg ingen framtid. Jag hade mina barn långt borta. Lyle hjälpte mig att titta framåt. När allt är över, ska vi åka någonstans och fira, att allt har gått bra. Han fick mig att tänka positivt. Jag hade 1 månad tidigare tagit mammografi I Sverige och allt var bra. Nu får jag en Hälsoförsäkring I USA, eftersom jag är pensionerad och permanent resident. Min familjeläkare säger, att jag ska ta mammogram, men jag säger, att jag just gjort det I Sverige. "Ta det ändå!" säger min läkare.

Jag gjorde det och nu blev det snabba återbesök för ultraljud och diopsi. Sedermera operation av tårtbiten I bröstet. Dean fanns hela tiden vid min sida. Han tröstade mig och vi grät ihop. Han var så rädd att förlora mig.

Han älskade mig så mycket och ville göra allt för mig, så jag skulle ha det bra. Människor kom med blommor och kort och gav mig stöd.

När jag kommer in till operation, mycket ledsen och orolig, långt borta från mina barn och långt borta från Sverige, hör jag en sjuksyster säga:

" Are you from Sweden?"

"Yes, I am."

"Tala svenska då!"

Här är en svenska, som jobbar som sjuksyster på ett sjukhus I USA. Hon tröstar mig och vi kramas. Jag får hennes telefonnummer, så vi kan träffas senare. Hon blir sedermera min bästa vän här I vår lilla stad I USA. Jag fick det mest underbara vård med strålning och underbara läkare, som tog hand om mig.

Min bröstcancer har inte återkommit. Jag anmälde det svenska sjukhuset, som missade min bröstcancer 1 månad innan. Det var till och med upp till Domstol men sjukhuset hade inte gjort några fel.

AMERIKANSK MEDBORGARE

Jag hade nu blivit amerikansk medborgare och hade avlagt Eden och förhörts på amerikansk historia och konstitutionen, amerikansk författning.

Det var en fin högtid, där vi fick ta emot diplom av Domaren och sedan sjunga amerikanska nationalsången. Vi fick amerikanska flaggor att vifta med.

Jag har nu dubbla medborgarskap, det svenska och det amerikanska.

Amerikanare var väldigt glada, att jag gjort detta och blivit amerikansk medborgare.

De gav mig presenter. Efter min pension I Sverige, arbetade jag som frivillig I skola I vår lilla stad I USA.

Jag hade en vän, som var teckningslärare i skolan och ville ha hjälp av mig, då det var stökigt I klasserna.

Jag hade ju varit skolspykolog I Sverige och arbetat mycket I klasser med handledning till läraren, så det passade mig ypperligt.

Det är fantastiskt, hur olika man arbetar i USA emot Sverige. Här ställer barnen upp på led och går med läraren i spetsen, som en "ankfamilj" genom korridorerna. Inget prat, inget skrik. Man ställer upp på led utanför klassrummet. Detsamma görs, när barnen slutar lektionen efter teckningstimmen. De, som står tysta bredvid sina platser, får nu ställa upp på först vid dörren. Klassläraren kommer och hämtar barnen.

En lärare tituleras av barnen med Mrs, Miss, Mr och inte med förnamn, som i Sverige. Det är ett disciplinerat sätt i USA att gå på led. Barnen respekterar mera den vuxne och det ger en viss distans att lärare tituleras med Mrs och efternamn. I Sverige kommer barnen på samma nivå som lärarna, när de använder förnamn. Detta, tror jag blir respektlöst i Sverige och barnen kan lätt ta över här. Jag har arbetat som skolpsykolog och sett detta med egna ögon.

Jag har arbetat i denna skola i 6 år och det är lika roligt, när jag kommer tillbaka till nästa termin och möts av tilltal:

"good morning Mrs Kier". Jag blir igenkänd och de vill ha hjälp att rita och måla.

Jag trivs i USA. Jag känner mig uppskattad. Man ser och hör mig här. Folk hälsar alltid och kassörskan i affären hälsar alltid och frågar, hur man mår. " Hi, how are you doing?" I´m fine, how are you?" Så är det sagt! Det känns bra! Jag skulle önska, att man var mera bekräftande och positivt i Sverige.

Där har vi ju Jantelagen: " Du ska inte tro, att du är någonting". Detta har man vuxit upp med. Barnen i skolan i USA uppmuntras att berätta varje morgon, då de sitter på en matta på golvet, vad de gjort etc. Man tar sin tid med dem och lyssnar till dem.

Positivt bemötande, tror jag, är bästa bekräftelsen, för att känna, att man är någon och man hör mig. Jag är bra som jag är. Jag kan tycka, att det är mycket kritik och negativa omdömen i Sverige, som man inte mår bra av.

Innan jag träffade Dean, vågade jag inte t.ex. ställa mig upp och hålla tal eller som jag gjorde i USA deltog i politiska diskussioner i klubbhuset. Man lyssnade på mig här.

Dean uppmuntrade mig och inte bara mig med: "Du kan göra det!"

Så jag höll tal på min mammas och pappas begravning, dessutom på min dotters bröllop.

Jag hörde Dean säga:" You can do it!", Du kan göra det, när Memorial skulle hållas för Dean efter hans död.

Så jag höll tal på Memorial till honom, min älskade, inför hans familj och alla amerikanska vänner.

Efter Deans död, träffade jag en kvinna från Nepal i klubbhuset. Dean hade pratat mycket med henne och hennes make. Det var bara mannen, som pratade. Dean led av att se, att mannen gick långt före kvinnan, när de promenerade. När nu kvinnan fick veta, att Dean dött, blev hon så ledsen: " Han var sådan fin man. Han sade till mig att försöka handla själv i affärerna, för att lära mig engelska. Du kan göra det!, sade han. Hon gjorde det och nu förstod hon bättre engelska. Tack vare din man!"

När Dean var här i Sverige, pratade han mycket, som amerikanare gör, och svenskar bryter inte in , så han fick prata mycket oemotsagd. Han var mycket verbal och han talade på engelska, naturligtvis, som han behärskade. Amerikanare tycks vara mycket säkra på sig själva och ha ett gott självförtroende.

När Dean kom ner till busshållplatsen i Sverige, sade han i början: "Hi, how are you doing?" till folk där, men han fick sällan något svar. Han började tro, att det var fel på honom. Jag talade om för honom, att detta är svensk jargong att inte prata med främlingar. Samtidigt som de var blyga eller...

Dean berömde mig mycket. Jag, som svenska , var inte van vid detta. Många gånger sade han. "Vad vacker du är!" " Nej, det är jag inte." Han tyckte, att det var konstigt, att jag inte kunde ta emot en komplimang. Det var väl igen Jantelagen hos mig: " Du ska inte tro, att du är någonting!"

Till slut sade han till mig: " Säg Tack!", när du får en komplimang och det har jag lärt mig nu, att tacka för en komplimang, för amerikanarna har lätt att ge komplimanger. De har också mycket lättare att säga: " I love you!" än vi svenskar har att säga: "Jag älskar dig.".

Det låter vackert och man blir glad över det. Mitt svar blir då:" I love you too!" "Jag älskar dig också."

eller "Nice to meet you!","Trevligt att träffas", när man hälsar.

Det känns bra.

SVENSKA I USA

En kväll hade vi varit på middag hos vänner. På hemvägen åkte vi genom mörka öken, inte en bil på vägen. Plötsligt säger Dean till mig på svenska:" gå hem å lägg da" på riktig norrländska. Jag blev så paff. Vem talar mitt språk mitt ute i öknen? Det visade sig, att Dean hade uppvaktat sin girlfriend och blivit litet väl länge i hennes hus, då flickans

61

farmor från Norrland, boende i USA, sade till Dean: "Gå hem å lägg da!"

Vid våra otaliga parties vid poolen, i mitten av vårt bostadskomplex, hade Dean lärt en kanadensare detta uttryck: "Gå hem å lägg da!". När min dotter kommer och hälsar på och simmar i poolen, hör hon en man i poolen säga: "Gå hem å lägg da!" Hon blir lika förvånad, som jag blev, att höra svenska i en pool i USA.

Våra BBQ runt poolen var otroligt trevliga. Många kanadensare, polacker, ryssar etc. samt amerikanare möttes där, för att äta ihop. Seden är, att alla tar med sig något till BBQ, sallad, majskolvar, kött etc.

Vissa kvällar på sommaren kan det vara upp till 40 gr. C. När det är så hett, är det bara poolen, som gäller eller air condition i lägenheten.

Jag hade väldigt svårt för denna stekande hetta. Jag var ovan vid det, stannade helst inne eller badade i poolen eller jacuzzin. När jag handlade, stannade jag bilen nära affären, så jag slapp gå långt i hettan.

DYSLEXI

Jag hade utbildning i Dyslexi, d.v.s jag gjorde utredningar av barn och satte diagnoser och gjorde handlings- program.

Dean var dyslektiker och genom honom, lärde jag mig praktiskt, hur det är att vara dyslektiker.

En dyslektiker kommer inte ihåg länge, vad som sagts, har svagt korttidsminne, och glömmer fort. Dean satte då upp minneslappar på dörren, vad han skulle komma ihåg.

Han repeterade ofta högt, vad han skulle göra. Han lyssnade till allt i stället för att läsa. I elementary school hade läraren skällt ut honom, för han inte fattade, vad han skulle göra. Han fick många gånger stå i skamvrån, för han inte kunde göra, vad läraren ville. Det handlade ju om hans dyslexi, han hade ju tappat informationen, vad han skulle göra p gr av svagt korttidsminne.

I high school fick han lärare, som förstod hans problem med läsning och skrivning, Han lyssnade nu till lärarna i historia och andra ämnen och kunde nu lagra allt som lärarna berättade. Hans betyg höjdes, för nu kunde han lagra all inlärning genom att lyssna. Han var en mästare i att komma ihåg och oftast kunde han alla svaren på " Who wants to be a Millionaire".

Att klara av och att bli polis vid Police Academy var en triumf för honom. Likaså att bli ingenjör och då arbeta på Boeing i Seattle. I dessa yrken krävs, struktur och organisation, vilket en dyslektiker behöver.

Tänk om lärare, kunde förstå, hur jobbigt dessa barn, har det i skolan, när de är dyslektiker eller har andra diagnoser som t. ex ADHD. Hur många har inte fått dåligt självförtroende av lärare, som inte förstått dem.

En lärare skulle i stället lära sig, hur en dyslektiker lär in, vanligtvis genom att se bilder vid inlärningen. En dyslektiker är mera en bildmänniska. Den ser mera detaljer än helheten. Den traditionella inlärningen i skolan är ju läsning och då läsning är problem för dyslektikern, så finns det andra hjälpmedel som bild och att lyssna till innehållet.

En dyslektiker har större höger hjärnhalva, där funktioner som analytisk, teknisk, matematisk, kreativ förmåga finns. Därför blir de duktiga inom data, teknik etc.

I den vänstra hjärnhalvan finns läs-och skrivförmåga - denna hjärnhalva är mindre hos dyslektikern, vilket förklarar, att denne får svårare för läsning och skrivning.

Som polis hade Dean mycket bra bildminne och observerade mycket i miljön. Han ville också sitta med ryggen mot vägg i restauranter, då han hade ryggen fri och kunde observera, vad som hände. Det var väl polisen i honom.

SJUKDOM.

Första gången jag var med, när Dean fick en hjärtinfarkt, var i Stockholm. Jag var hos min skolpsykologchef för det årliga lönesamtalet. Sekreteraren kommer in och säger, att min dotter ringt och sagt, att Dean fått en hjärtinfarkt och är på väg med ambulans till Sjukhuset. Jag blir naturligtvis mycket rädd och jag bad att få åka iväg till min man. Min chef tyckte, att jag kunde stanna kvar, tills timmen var slut men det gjorde jag inte. Det här var ju frågan om Liv eller Död. När jag kommer in på sjukhuset är han uppkopplad med maskiner och syretillförsel. Min dotter är redan där och snart kommer mina två andra barn.

Så småningom görs angiogram, ballongvidgning av ven nära hjärtat.

Dean har berättat, att han haft sin första hjärtinfarkt, när han var 42 år gammal. Han arbetade då som ingenjör i Hanford Nuclear plant.Han hade ett bra jobb och bra lön.

Nu fick han inte arbeta längre, då de var rädda, att han kunde få en ny hjärtinfarkt. Så hårt var det, att han sjukskrevs från sitt arbete. Familjen med 3 barn fick det svårt ekonomiskt.

Han har haft ca 14 hjärtinfarkter men varje gång överlevde han, då skickliga läkare gjorde angiogram och ballongvidgning.

Han hade både gjort en by pass operation och 3 år innan han dog, hade han en defibrillator, en slags hjärtstartare. Dean var en fighter. Han var en van sjukhuspatient och visste mycket om sitt sjukdomstillstånd. Det var mycket oroligt många gånger, när han sade till mig: "Ring ambulans, jag tror jag fått en hjärtinfarkt".

Otaliga gånger låg han inne på sjukhus, men kom hem. Vi försökte leva som vanligt. Vi gjorde resor till Paris, Mallorca och orter i Sverige.

Sjukvårdssystemet i USA gör, att det är mycket dyrt att ligga inne på sjukhus. Det kostar mycket. Man måste ha en bra sjukförsäkring. Dean hade en sjukförsäkring, som betalade 80 % av sjukvårdskostnaderna. Det gjorde, att han drogs med skulder efter varje gång han varit inne på sjukhus.

Det sista halvåret fick Dean dialys. Hans njurar hade förstörts av de otaliga gånger man hade sprutat in kontrast i hans vener, när röntgen eller angiogram skulle göras.

Varje dag åkte han till Dialys Center och fick sin dialys. Senare gjorde han dialysen hemma. Han var skicklig att tvätta alla slangar och ge sig själv dialys. Underbara människor runt omkring fanns för honom - läkare, sjuksköterskor och vänner.

Han visste, att han inte hade så långt kvar. Han ville, att jag skulle åka tillbaka till Sverige, om han gick bort. Han varnade mig också, att IS kan ta över i Europa och i Sverige. Han tyckte Sverige varit alltför blåögd och tagit emot för många flyktingar. De kommer att ta över, snart så går du i en burka. Om det händer, kan du alltid komma över till USA. Du är ju amerikansk medborgare och dina barn är amerikanare med uppehållstillstånd genom mig. Han var så stolt, att han kunnat ge oss alla amerikanskt medborgarskap. Han hade alltid på känn, vad som kunde hända i framtiden. Detta sade han 2014 och nu har vi haft terrorattacker i Europa och det finns hot om attacker i Sverige. Hoppas, att han inte får rätt!

Nu orkade inte hans hjärta längre. Han hade överlevt så många gånger, men nu var hans Liv slut.

Ett långt innehållsrikt liv med mycket kärlek. Han var älskad av många!

Jag kommer att älska dig i evighet, Dean! Jag är så glad, att vi träffades på en chatt en kväll i Maj för 16 år sedan.

MATCH MADE IN HEAVEN! Jag vet, att jag kommer att träffa dig igen i Himlen.